Otros libros de Marcus Pfister en español:
EL PEZ ARCO IRIS
EL PEZ ARCO IRIS LIBRO GRANDE
DESTELLO EL DINOSAURIO

First Spanish language edition published in the United States in 1995
by Ediciones Norte-Sur, an imprint of Nord-Süd Verlag AG, Gossau Zürich, Switzerland.

Distributed in the United States by North-South Books Inc., New York.

ISBN 1-55858-492-7 (Spanish trade binding)
5 7 9 TB 10 8 6 4
ISBN 1-55858-493-5 (Spanish library binding)
1 3 5 7 9 LB 10 8 6 4 2
Printed in Belgium

La estrella de Navidad

por Marcus Pfister

Traducido por Luisa D'Augusta

Ediciones Norte-Sur
NEW YORK

La noche en que los tres pastores recibieron la visita de los ángeles, hasta las ovejas estaban inquietas. Reunidos alrededor de la hoguera, los pastores hablaban entusiasmados.

–Un Rey Niño sin nobles ni caballeros...

–¡Pero fuerte!

–¡Más fuerte que ningún otro rey!

–Y sin embargo bueno y piadoso. ¡Será el Rey de la paz y la alegría!

—Vayamos a Belén a ver al Rey recién nacido —sugirió el más viejo de los pastores.

—¿Pero cómo lo hallaremos? Lo único que sabemos es que está envuelto en pañales y duerme en un pesebre.

—Si al menos pudiéramos volar sobre la ciudad y mirar dentro de las casas como lo harían los ojos de las estrellas. ¡Seguramente ellas saben dónde ha nacido el Niño Santo!

Los tres pastores estaban observando el cielo cuando, de pronto, las estrellas empezaron a moverse.

Poco a poco se fueron agrupando y formaron entre todas una estrella magnífica. Su cola reluciente iba dejando un brillante resplandor que cruzaba el azul profundo de la noche.

La estrella descendió lentamente hacia el horizonte. Los pastores empacaron a toda prisa, reunieron a las ovejas y siguieron a la misteriosa estrella que los guiaba a Belén para ver al Niño Santo.

Esa misma noche, un rey que vivía en un espléndido palacio de Oriente también vio la estrella y recordó una antigua profecía que anunciaba la llegada de un rey de reyes, un señor de señores, un príncipe de la paz.

Luego de muchos años de dolorosa guerra, tanto el rey como su pueblo anhelaban una época de paz y armonía.

Desde el gran balcón, el rey y su séquito observaron la estrella. Su luz brillante se reflejaba como el sol en las doradas cúpulas del palacio.

–Este Niño ha venido a mostrarnos el camino de la paz –dijo el rey–. Iré a darle la bienvenida. La brillante estrella de los cielos será mi guía.

El rey partió de su palacio con una preciosa carga de regalos para el joven Príncipe.

Esa noche se encontró con otros dos reyes que también seguían a la estrella.

—Vayamos juntos a ver al Príncipe de la Paz —les dijo—. Le daremos nuestros regalos, nuestra fe y nuestro amor.

Los tres reyes siguieron juntos el camino de Belén a través del desierto.

La brillante luz de la estrella penetraba hasta los más oscuros rincones del bosque.

"Será la luna llena" pensó el lobo, y lanzó un aullido quejumbroso.

Pero la luz se hizo tan intensa que los intrigados animales corrieron hasta un claro del bosque para mirar el cielo.

La lechuza, que allí los esperaba, les dio la noticia.
–Ha nacido un Niño, un Niño Santo que amará y cuidará a todas las criaturas. La deslumbrante luz de los cielos es una maravillosa estrella que nos convoca a Belén –dijo. 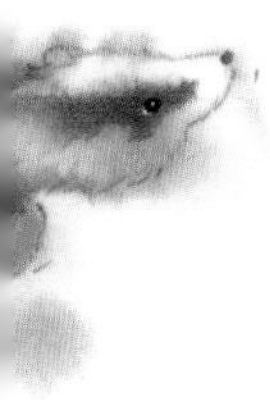
Y guiados por el resplandor los animales iniciaron su camino sin temor.

La estrella finalmente se detuvo sobre un diminuto establo y lo inundó con su radiante claridad.

Todos querían honrar al Niño y celebrar el espíritu de hermandad que allí los había reunido: el lince estaba tendido entre las ovejas, el zorro yacía junto a la liebre y los poderosos reyes de Oriente conversaban como hermanos con los humildes pastores.

Un manto de paz y quietud cubrió la tierra. El Niño Santo se quedó dormido en el establo mientras la estrella de Navidad lanzaba su radiante mensaje de esperanza.